NOTICE

SUR

LA VIE ET LES TRAVAUX

DE M. AUGUSTE

BOTTÉE DE TOULMON

MEMBRE RÉSIDANT

DE LA SOCIÉTÉ DES ANTIQUAIRES DE FRANCE

lue à la séance du 30 décembre 1850

PAR M. A. J. H. VINCENT

Membre résidant

Extrait de l'Annuaire de la Société des Antiquaires de France, pour 1851

PARIS

DE L'IMPRIMERIE DE CRAPELET

RUE DE VAUGIRARD, 9

1851

NOTICE

SUR LA VIE ET LES TRAVAUX

DE M. AUGUSTE

BOTTÉE DE TOULMON,

MEMBRE RÉSIDANT

DE LA SOCIÉTÉ DES ANTIQUAIRES DE FRANCE.

MESSIEURS,

Pour entreprendre d'accomplir la pénible mission dont vous m'avez chargé, j'ai besoin de me dire d'abord, que c'est un devoir pour nous de rendre un témoignage public de reconnaissance à ceux de nos confrères qui ont le plus ardemment secondé nos travaux ; et, si je ne me trompe, il est peu de membres de la Société des Antiquaires de France, qui aient acquis, par leur collaboration constante et leur zèle incessant, plus de droits à ce suprême honneur, que M. Auguste Bottée de Toulmon dont nous déplorons la perte.

Né le 15 mai 1797, fils du régisseur général des poudres et salpêtres, Bottée de Toulmon reçut une éducation soignée, brillante même pour l'époque, et particulièrement dirigée vers les sciences mathématiques ; aussi fut-il admis à l'École polytechnique en 1817. Cependant, il n'y acheva pas le cours régulier des études, s'étant trouvé contraint par une grave maladie, de se retirer au bout de quelque temps. Assuré d'une fortune indépendante, il entreprit l'étude du droit, suivit pendant quatre ans les cours de l'Ecole ; et, bien qu'il n'eût jamais eu l'intention de suivre la carrière du barreau, il se fit recevoir avocat en 1823.

Le goût de la musique ne tarda pas à se développer en lui et à prendre le caractère d'une véritable passion. Possédant déjà sur le violoncelle un certain talent d'exécution, il fut d'abord admis dans la Société d'amateurs qui donna des concerts au Wauxhall en 1825 et 1826 ; puis, voulant joindre la théorie à la pratique, il étudia l'harmonie et la composition sous Desvignes, Chérubini, Reicha. Après avoir écrit deux quatuors d'instruments à cordes, qui sont restés en manuscrit, il s'essaya dans la musique de ballet, et composa la musique d'un opéra-comique qui fut joué vers 1820 à l'hôtel Lambert. Mais c'est surtout pour la musique religieuse qu'il montrait le plus de prédilection ; il étudia quelque temps à la maîtrise de Notre-Dame, et écrivit plusieurs messes qui obtinrent un certain succès, ainsi qu'un *Oratorio* de la Passion.

C'était vers cette époque que Perne, Choron, Fétis, travaillaient avec un noble zèle à remettre en vogue et en honneur les monuments de l'art musical que nous ont légués l'antiquité et le moyen

âge. Bottée de Toulmon se lança dans cette carrière
d'investigation avec une ardeur toute juvénile, et y
apporta cette pénétration et cette patience à toute
épreuve dont il était doué. Il entreprit avec résolution la lecture des anciens manuscrits, et se livra à
l'étude de la paléographie musicale, ne se rebutant
devant aucune des inextricables difficultés que pré-
sentent les notations tombées en désuétude[1]. Bientôt,
les bibliothèques de Paris et de la France ne suffi-
sant plus à son zèle, il entreprit dès 1826, en Italie
et en Allemagne, une série de voyages dans lesquels
il eut l'occasion de nouer des relations avec les cé-
lébrités musicales de ces pays ; c'est dans un de ces
voyages qu'il se lia d'amitié avec un archéologue
distingué de Vienne, aujourd'hui décédé, M. Kieswetter, conseiller aulique de l'empereur d'Autriche,
homme dont l'esprit positif ne fut pas sans influence
sur les tendances artistiques de Bottée de Toulmon.

La bibliographie musicale devint dès lors la seule
passion de notre confrère. Laissant désormais l'art
en lui-même pour la science de son histoire, il entreprit la rédaction d'un immense catalogue dis-
posé par ordre chronologique, où eussent été signalés et appréciés, non-seulement tous les ouvrages

---

[1] Je dois cependant faire observer ici qu'il n'a jamais abordé,
ni en théorie ni en pratique, la traduction des Neumes. Cf.
Théâtre français au moyen âge, publié par MM. L. J. N. Mon-
merqué et Francisque Michel (grand in-8°, Paris, 1839); x^e-
xive siècles : *Les Vierges sages et les Vierges folles*, notice, p. 3.

littéraires et théoriques relatifs à l'art musical, mais encore toutes les œuvres pratiques, gravées ou manuscrites, même celles dont on ne connaît plus que les titres. Les documents nombreux qu'il a laissés en ce genre, bien que fort incomplets encore, témoignent assez de ce qu'eût été le monument élevé par un travailleur aussi opiniâtre, si le sort ne fût venu interrompre sa laborieuse entreprise.

C'est là que Bottée de Toulmon eût réellement brillé au premier rang. Investigateur laborieux et patient, éminemment doué de l'esprit d'ordre et de classification logique, possédant l'art de déchiffrer les écritures énigmatiques dans lesquelles les grands maîtres eurent quelquefois le tort d'envelopper leur pensée, personne ne pouvait rendre à la bibliographie, à l'histoire, à l'archéologie, à la critique musicale, des services plus réels et plus dignes d'être signalés.

Toute son activité s'étant concentrée sur un seul point, cette persévérance avait donné à sa critique une grande sûreté; et ceux-là se tromperaient fort, qui, d'après le peu d'étendue de ses travaux, n'accorderaient que peu de valeur à ses jugements.

Ce fut en 1831 que Chérubini, alors directeur du Conservatoire de musique, qui avait été le maître de Bottée de Toulmon et qui savait apprécier son genre de mérite et sa vaste érudition, lui proposa de se charger de la bibliothèque de cette école célèbre. Bottée de Toulmon accepta avec empressement une position qui le mettait à même de suivre plus facilement la direction où il était entré; mais il y mit pour condition que les fonctions seraient gratuites. Plus tard, en 1842, quand M. Berlioz fut nommé bibliothécaire adjoint, Bottée changea, par ordre du ministre, le simple titre de bibliothécaire qu'il avait eu jusque-là, en celui de *bibliothécaire en chef honoraire*, et fut admis au *comité d'enseignement et des études musicales*. Grâce à la direction de son nouveau chef, la bibliothèque du Conservatoire prit bientôt une notable extension. Il y forma une vaste collection, composée de près de cent cinquante volumes in-folio, contenant les œuvres les plus remarquables des grands maîtres des xve et xvie siècles, œuvres qui ont fait époque dans l'histoire de l'art, et qui sont d'un prix inestimable puisque la gravure ne les a pas reproduites. Aussi, par décision ministérielle, le nom du fondateur y fut-il attaché comme une juste récompense de ses soins et de son zèle.

Voici la composition de cette collection, chef-d'œuvre de talent et de patience, dont toutes les pièces ont été soigneusement collationnées sur les originaux [1], et qui est certainement destinée à rendre les plus grands services à l'art:

[1] Importante précaution, sans laquelle cette riche collection eût été menacée de subir le même sort que les *Scriptores*

Bibliothèque de Munich, quatre-vingts volumes;
—— de Vienne, seize volumes;
Œuvres de Palestrina, trente volumes;
Messes et motets de Vittoria, Cifra, Monteverde,
dix-huit volumes.

En 1837, lors de la division des comités historiques en cinq sections, Bottée de Toulmon fut adjoint à la section des arts et monuments, sur la demande même des membres qui la composaient [1]. Il s'y distingua par son activité, et rédigea plusieurs rapports que l'on trouve mentionnés dans le Bulletin archéologique. Il fut également chargé de rédiger les instructions relatives à la musique, destinées à diriger et à éclairer les recherches des correspondants sur cette branche trop peu cultivée de l'archéologie.

En 1842, il fut nommé membre du conseil d'enseignement au Conservatoire de musique; et en 1845, membre de la commission des chants religieux et historiques organisée par les ordres de M. de Salvandy.

Bottée de Toulmon allait attacher son nom à une publication qu'il considérait comme l'une des plus importantes pour l'histoire de la musique : c'était un recueil de documents inédits relatifs à l'histoire de

ecclesiastici de Gerbert, c'est-à-dire de devenir complétement inutile.

[1] L'auteur de cette notice a été appelé à l'honneur de lui succéder dans le comité.

l'art musical en France, du XIIIe au XVIIe siècle, qui aurait compris les messes portant le titre de *L'Homme armé*[1] et celui *De Beata virgine*. Ce projet avait obtenu l'assentiment du comité, et le ministre avait décidé l'impression, lorsque la mort est venue tout interrompre.

Bottée de Toulmon fut nommé membre de la Légion d'honneur en 1839, sur la demande formelle de Chérubini. Plusieurs sociétés savantes, françaises et étrangères, tinrent à honneur de le compter parmi leurs membres. Nous citerons, parmi elles, la Société des Antiquaires de France, la Société des amis de la musique de l'empire d'Autriche, et la Société d'encouragement de l'art musical des Pays-Bas. Il fut, de plus, membre du conseil de la Société de l'Histoire de France.

Élu membre du conseil général de l'Eure en 1830, Bottée de Toulmon eût pu, s'il l'eût voulu, jouer un rôle politique : car la candidature à la chambre des députés lui fut offerte ; mais il refusa un mandat qui l'eût éloigné de ses travaux favoris.

Par la mort de Bottée de Toulmon la Société a perdu, non-seulement un savant zélé, consciencieux, aussi modeste qu'érudit ; elle a perdu mieux encore, c'était un homme animé des plus nobles sentiments, d'un désintéressement poussé jusqu'à l'abnégation ; c'était, pour ceux qui l'ont connu intime-

---

[1] Une vingtaine de ces messes étaient déjà traduites.

ment, un ami dévoué, sincère, confiant jusqu'à l'imprudence. J'ai dit qu'en acceptant les fonctions de bibliothécaire, il avait posé pour condition que ces fonctions seraient gratuites. Mais ce n'est pas tout : les voyages qu'il fit dans l'intérêt de la science et pour l'agrandissement de sa chère bibliothèque, je veux dire celle du Conservatoire, ces voyages furent tous exécutés à ses frais. La libéralité naturelle à son caractère l'eût porté même à sacrifier sa fortune pour rendre service à la science; on me permettra d'en citer un exemple. Quelque temps après que j'eus fait la connaissance de Bottée de Toulmon, je lui parlai des recherches que j'avais entreprises pour arriver à construire un instrument qui pût repro-duire les différents genres, modes, et harmonies, de la musique des Grecs; mais la difficulté de trouver un mécanisme convenable était pour moi restée tout entière, soit que je voulusse essayer la classe des instruments à cordes ou celle des in-struments à vent. Bottée de Toulmon s'enflamma bien vite pour ce que cette idée lui parut avoir de curieux et d'important pour la science; et non-seulement il se chargea de trouver un artiste ca-pable de la réaliser; mais, la chose faite, il voulut prendre à sa charge tous les frais qu'avaient occa-sionnés des tentatives d'abord infructueuses, et né-cessairement coûteuses comme toutes celles où l'on est obligé de procéder sans plan arrêté. Je fis de vains efforts pour le déterminer à me laisser parta-

ger le coût de ces essais : ce ne fut que plus tard,
et quand le plan fut bien fixé, que je pus faire
exécuter personnellement, mais au prix d'une fa-
brication ordinaire, l'instrument sur lequel j'ai depuis continué mes expériences.

A cette occasion, je ferai ici une rectification qui
importe à l'histoire de la science aussi bien qu'à
l'histoire de notre ami. Dans les deux notices que
le Bulletin des comités historiques et celui de la
Société de l'Histoire de France ont consacrées à
Bottée de Toulmon, les savants auteurs de ces notices, MM. de La Villégille et Desnoyers, affirment
que l'instrument dont il vient d'être question *fut
l'objet d'un rapport très-favorable de l'Académie
des inscriptions et belles-lettres.* Ceci est une erreur :
l'Académie, à qui nous avions adressé la description
de l'instrument, en lui proposant de le soumettre à
l'examen d'une commission, arrêta, après une assez
longue discussion, que le secrétaire écrirait *aux
inventeurs,* pour les inviter à présenter préalable-
ment à la compagnie, un mémoire philologique sur
les textes grecs ou latins qui avaient servi de base
à la construction de l'instrument.

Or, les textes réclamés étant parfaitement connus
ou censés l'être, la décision de l'Académie parut à Bottée de Toulmon une véritable fin de non-
recevoir dont il fut si découragé, disons mieux, si
courroucé, que, renonçant pour un temps à ses travaux sur la musique ancienne, il fut plusieurs années

sans vouloir les reprendre, et me laissa ainsi seul chargé de la tâche difficile d'enseigner au public savant ce que les uns savaient déjà, et ce que d'autres proposaient de reléguer au rang de la *quadrature du cercle* et du *mouvement perpétuel.* Enfin, j'aurai fait l'histoire complète de ce fameux instrument quand j'aurai ajouté que, sous le nom d'*hélicon*, il se trouve en germe dans les *harmoniques* de Ptolémée.

Avant de terminer, je rappellerai un autre fait qui fera mieux encore ressortir le dévouement de Bottée pour ses amis, et son horreur pour tout ce qu'il croyait une injustice. Vers 1840, étant vice-président de notre Société, il avait proposé comme candidat un de ses amis, fort peu connu, surtout des archéologues, mais auquel il avait cru que sa bonne opinion et sa bonne amitié tiendraient suffisamment lieu de titres et de passe-port. Ce qu'il eût dû prévoir, l'événement se chargea de le lui prouver : il s'était fait illusion. Mais, à la Société des Antiquaires comme à l'Académie, n'est-il pas déjà très-honorable d'être admis à la seconde ou à la troisième candidature? c'est ce que Bottée aurait dû se dire. Au lieu de cela, que fit-il? entraîné par une excessive susceptibilité, il se fâcha et donna sa démission ; et ce ne fut que deux ou trois ans après, et quand son ami eut été admis dans la Société, qu'il se présenta pour y rentrer.

J'ai pensé, Messieurs, que vous ne me sauriez pas mauvais gré de rappeler ici ce fait, parce qu'il appartient à l'histoire de Bottée de Toulmon comme membre de la Société des Antiquaires, et qu'en vous signalant en lui l'honorable défaut de se laisser quelquefois entraîner un peu trop loin par la bonté de son cœur, il vous met à même de mieux connaître tout entier le confrère que nous avons perdu.

Que me reste-t-il à dire?... Fatigué par un travail incessant, opiniâtre, Bottée de Toulmon fut attaqué d'un ramollissement du cerveau qui vint détruire avant le temps les facultés si actives de son intelligence; et son excellente famille, son épouse, son fils, ses amis, eurent la douleur de le voir ainsi, pendant quatre années, se survivre à lui-même, pour terminer sa douloureuse existence le 22 mars dernier (1850).

Bottée de Toulmon a laissé une foule de manuscrits, de notes, de renseignements relatifs à la bibliographie musicale; plusieurs traductions d'anciens textes musicaux en notes modernes, qui devaient faire partie de la collection des *Documents inédits*, publiée par le ministère de l'instruction publique; plus, enfin, une traduction française de l'*Histoire de la musique moderne en Europe*, par Kieswetter. Il serait bien regrettable que cette masse de documents fût perdue pour la science.

Bottée possédait en propre une bibliothèque précieuse, composée des plus beaux ouvrages théoriques et pratiques des grands artistes du moyen âge. Elle contient des copies des plus précieux manuscrits de l'Europe, collationnées et enrichies de notes critiques.

Sans parler de plusieurs articles insérés dans la *Gazette musicale* de Paris et dans les premières livraisons de l'*Encyclopédie catholique*, on a de lui plusieurs opuscules dont voici les titres :

LISTE DES PRINCIPAUX ÉCRITS
PUBLIÉS PAR BOTTÉE DE TOULMON.

1835. — Discours sur cette question proposée au congrès de l'Institut historique de l'année 1835 : *Faire l'histoire de l'art musical depuis l'ère chrétienne jusqu'à nos jours.* (Actes du congrès de l'Institut historique pour 1835.)

1836. — De la chanson musicale en France au moyen âge, avec des exemples de notation musicale des XIIe, XIIIe et XIVe siècles. (Annuaire de la Société de l'Histoire de France pour 1837, p. 212-220.)

1837. — Notice bibliographique sur les travaux de Gui d'Arezzo. (Mémoires de la Société des Antiquaires de France, nouvelle série, t. III, page 264-284.)

1838. — Mémoire sur les puys de musique en France aux XVe et XVIe siècles, et sur les statuts originaux de l'un de ces puys, fondé à Rouen. — Ce mémoire fut lu à l'assemblée générale de la Société de l'Histoire de France, le 8 mai 1837, et imprimé en 1838 sous ce titre : *Des puys de palinods au moyen âge en général*

et des puys de musique en particulier. (Revue française,
t. VII, juin 1838, p. 102-115.)

1838 et 1839. — Plusieurs rapports faits à la Société des
Antiquaires de France sur différentes questions et communications relatives à l'histoire de la musique. (Rapport sur les travaux de la Société; Mém., nouvelle
série, t. V, p. 63.)

1838. — Des instruments de musique en usage dans le
moyen âge. (Annuaire de la Société de l'Histoire de
France pour l'année 1839, p. 186-200.) — Cette notice reçut depuis un très-grand développement dans
un Mémoire important, publié en 1844 parmi ceux de
la Société des Antiquaires de France. (Voy. ci-dessous,
1844.)

1839. — Sur la restauration des anciens jeux d'orgue.
(Note communiquée au comité historique des arts,
Bulletin archéologique, t. I, p. 69.)

1839. — Instructions du comité historique des arts et
monuments : musique. In-4°, treize pages et sept
planches. — Ce fut le premier cahier des instructions
publiées par ce comité. (Collection de Documents inédits sur l'histoire de France.)

1841. — Observations sur les moyens de restaurer la
musique religieuse dans les églises de Paris. (Bulletin
archéologique, t. I, p. 288-292.)

1842-1843. — Plusieurs rapports au comité historique
des arts, sur les communications relatives à l'histoire
de la musique. (Bulletin archéologique, t. II, p. 317.)

1843. — Projet d'une publication relative à l'histoire de
la musique ancienne [moyen âge], présenté au comité historique des arts, le 26 mai 1843. (Bulletin ar-

chéologique, t. II, p. 651.) — Cette publication devait contenir un choix de messes, les plus intéressantes depuis 1380 jusqu'à 1680. La notation originale devait être accompagnée de la traduction en notation moderne, et d'une notice propre à faire apprécier le caractère de chacune des pièces.

1844. — Sur les instruments de musique employés au moyen âge. (Mémoires de la Société des Antiquaires de France, nouvelle série, t. VII, p. 60 à 168 ; deux planches.) — L'auteur signale dans ce travail précieux qui devait être la base d'un ouvrage plus considérable encore, les noms de cent soixante-cinq instruments désignés dans les textes ou figurés dans les monuments. Quoique le volume qui le contient n'ait été mis au jour qu'en 1844, ce mémoire était cependant imprimé dès l'année 1841. (Voy. ci-dessus, 1838.)

1844-1845. — Plusieurs rapports au comité historique des arts, sur les doctrines musicales du moyen âge, sur le plain-chant, sur les instruments de musique considérés au point de vue historique. (Bulletin archéologique, t. III, p. 210.)

1845. — Lettre adressée à M. le président de la sous-commission musicale des chants religieux et-historiques créée sous le ministère de M. de Salvandy. (Brochure in-8°.)

[1847]. — *Agnus Dei* de la messe *super l'Homme armé* de Pierre de Larue. — Lettre adressée à M. le conseiller G. R. Kiesewetter, par son ami Bottée de Toulmon. (Brochure in-8° de douze pages et cinq planches, s. l. ni d.) — C'est la résolution fort ingénieuse d'un canon énigmatique dont la clef avait échappé à Glaréan.

17

Des notices nécrologiques [1] sur Bottée de Toulmon
ont été insérées :

1° Dans le *Bulletin des comités historiques* publié aux frais du ministère de l'instruction publique
et des cultes, section de l'Archéologie et des beaux-
arts (avril 1850, p. 125). Anonyme (M. de La Ville-
gille) ;

2° Dans le *Bulletin de la Société de l'Histoire de
France* (avril 1850, n° 4, page 228). Anonyme
(M. Desnoyers). — Ce document contient une notice
bibliographique étendue que nous n'avons eu qu'à
reproduire ici, en ajoutant seulement la dernière
pièce, *Agnus Dei*, qui y manque;

3° Dans la *Revue et Gazette musicale de Paris*
(xviiᵉ année, n° 14, 7 avril 1850, page 120), par
M. Maurice Bourges.

4° La *Biographie universelle des Musiciens* (t. VIII,
p. 383), de M. Fétis, contient une notice biographique
sur Bottée de Toulmon (écrit à tort Toulmont). Nous
devons à la vérité de dire que cette notice ne nous
paraît pas exempte de partialité.

5° On doit voir l'article beaucoup plus équitable
que MM. Th. Nisard et Leclercq ont consacré á
Bottée de Toulmon dans la Table onomastique pla-
cée à la suite de leur excellente et magnifique édi-
tion de D. Jumilhac.

[1] Nous remplissons un devoir en reconnaissant ici nos obli-
gations envers les auteurs de ces notices.